U0082731

幫你拿一條大河

拿一雙好耳朵

好尾巴

馬尼尼爲

詩人旅館

the poet's inn

狗覺得好累。
他想找一家旅舘。

可他渾身又髒又臭，走了半天，
沒有一家旅館願意收留他。

一直走到太陽西下，
他看見一間紅色屋頂的詩人旅館。
閃著淡淡貝殼色的招牌。
『詩人旅館？」狗依稀記得老奶奶說過。

旅館主人是一位宛若母親的兔子。

她溫柔地幫狗洗了澡。

準備了晚餐。

餐後，兔子邀狗一起玩球。
狗還是覺得好累。
他看著兔子盡興地玩著，
心裡莫名其妙地沮喪起來。

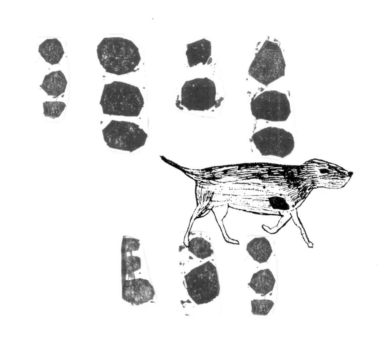

接著，小孩子唱歌給狗聽。
呀呀呀～～孩子天眞無邪的聲音穿過狗的身體。
狗還是快樂不起來。

他睡著的時候，夢見了死去的老奶奶，
老奶奶的身上長出了一棵樹。

「奶奶，把我帶走吧。」
狗在夢裡悲傷地啜泣著。

奶奶緊閉著雙眼。

好像再也聽不到狗的話了。

狗悲傷地啜泣著。

「醒醒吧！醒醒吧！」
兔子溫柔地摸摸狗。

狗飛了起來，變成了一隻鳥。

狗變成的鳥去到哪裡都唱這首歌：

活著請讓牠好好活著　　　　　因為你也想活著

活著請讓牠好好看你　　　　　你也想好好活著

活著請讓牠好好睡覺　　　　　你也想好好睡覺

不要買狗

不要打狗

不要把牠關起來

不要討厭牠

如果你很忙還是可以養狗

如果你有小孩還是可以養狗

你可能嫌牠煩

嫌牠吵嫌牠臭

這都永遠不是放棄的理由

就像你初次掉到這世上時一樣

不要放棄狗

不要欺侮狗

因為牠活著

活著請讓牠好好活著

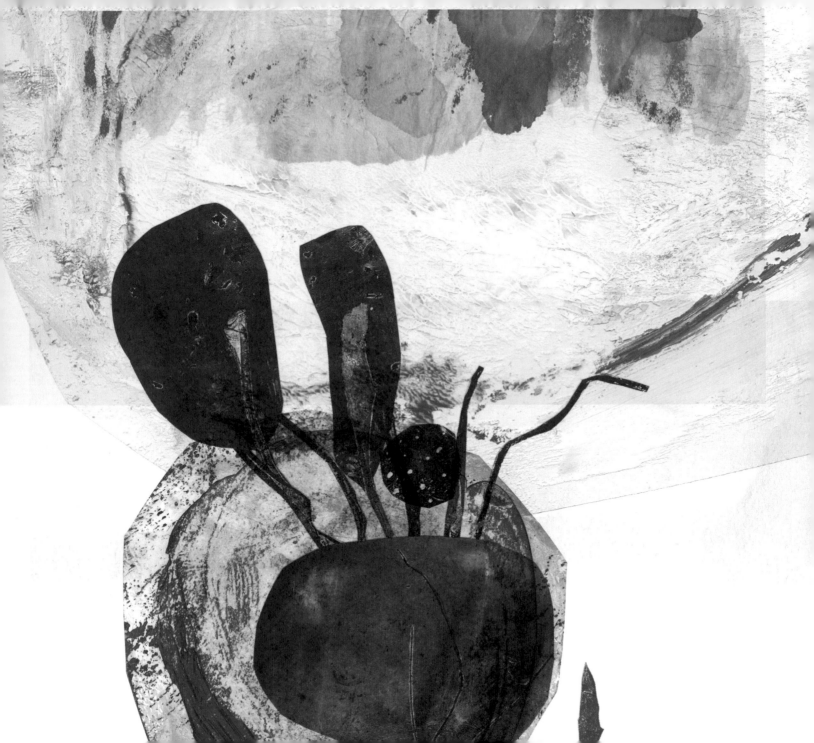

如果，你有幸看見狗變成的鳥，
請不用感到害怕。

你可以請他讀一首詩，
他的聲音破得不能再破。
遠處，還傳來孩子爽朗的笑聲。

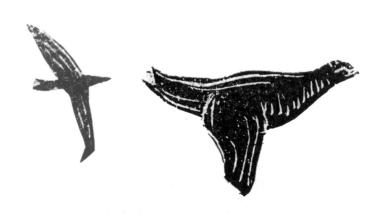

作者簡介

馬尼尼為
偽台灣人。本名不重要。
詩人、散文、繪本作者。
關鍵字：馬尼尼為 & 繪本亂讀會
keyword: maniniwei

神給了我一隻貓。又給了我一個孩子。
後來又給了我一隻貓。
從此以後，我認得了他們。

詩人旅館

作者/繪者	馬尼尼為
媒材	版畫、壓克力、水彩、墨、數位拼貼
編輯	廖書逸
設計	黃鈺傑・小山絵
行銷	劉安綺
發行人	林聖修
出版	啟明出版事業股份有限公司
地址	台北市敦化南路二段 59 號 5 樓
電話	02-2708-8351
傳真	03-516-7251
網站	www.cmp.tw
服務信箱	service@cmp.tw
法律顧問	北辰著作權事務所
印刷	漾格科技股份有限公司
鉛字/排版	日星鑄字行
活版印製	春暉活版印刷
總經銷	紅螞蟻圖書有限公司
地址	台北市內湖區舊宗路二段 121 巷 19 號
電話	02-2795-3656
傳真	02-2795-4100
初版	2018 年 11 月
ISBN	978-986-96532-6-8
定價	新台幣 600 元

版權所有，不得轉載、複製、翻印，違者必究。如有缺頁破損、裝訂錯誤，請寄回啟明出版更換